云且留

张漪滨/著

春风文艺出版社
·沈阳·

图书在版编目（CIP）数据

云且留 / 张漪滨著. -- 沈阳：春风文艺出版社，2025.1. -- ISBN 978 - 7 - 5313 - 6850 - 2

Ⅰ. I227

中国国家版本馆 CIP 数据核字第 2024XF7601 号

春风文艺出版社出版发行

沈阳市和平区十一纬路 25 号　邮编：110003

辽宁新华印务有限公司印刷

责任编辑：平青立	责任校对：于文慧
封面题字：张漪滨	封面设计：鼎籍文化
印制统筹：刘　成	幅面尺寸：135mm × 210mm
字　　数：177千字	印　张：13
版　　次：2025年1月第1版	印　次：2025年1月第1次
书　　号：ISBN 978-7-5313-6850-2	
定　　价：59.00元	

作者曾经是一名解放军战士，这段经历，他终生难忘，并为此自豪

雪　語

一場雪掩埋了啟航而
日期，心扑向海，严寒
凍不住視线，翅膀拍
打緊鎮而眉頭，彼岸
向我漂移！

張漪濱

二〇二〇年八月一日

前言

写一首诗，如做一道菜，写诗需要灵感，做菜需要备料，二者也同亦异，正如老子言："治大国，若烹小鲜。"我执我信，道不远人，则诗在身旁怒放。

一九七六年冬，无心向学的我十八岁，终于进山做了农民。夏天抗旱挑水，一个月，扁担不离肩。给公社广播站投稿，写了一首诗："天如火来地似炕，天地之间滚热浪……"居然被采纳，喇叭声大，余音响彻山谷。如今回看，这哪里是诗？应该是顺口溜！

后来，读了一些诗，也是一知半解，不得其门而入。欣赏别人，陶冶自己，"诗养精神花养性，酒醉春风茶醉心"。几经淬炼，难铸诗心，干脆搁笔了。末了，上了年纪，心中又痒痒，边学边写，不晓天高几何？最后，还是不能如人家：
"谁能共我千杯酒，醉到明年雪白头。"但诗心不
死，仍想试笔，言情，言志，言心，言风月，好
想"寒雪梅中尽，春风柳上归"！是为序。

目录

CONTENTS

雪语

一场雪，

掩埋了启航的日期，

心，

扑向海，

严寒，

冻不住视线，

翅膀，

拍打紧锁的眉头，

彼岸，

向我漂移。

二〇二四年八月一日

春雪　2023年4月，红菱摄于四川黄龙

致彭健

风雨尊前识春秋，

李广百战难封侯，

冯唐易老乾坤在，

君临昆仑一小丘。

啜饮一杯云中月，

溪畔抚琴松入风，

清灯黄卷不眠夜，

思君欲狂不老翁！

二〇二四年十月四日

致福林

窗前晓梦不思眠，

万里孤帆三十年。

蟾宫月桂艳阳日，

春风绿柳绕窗前。

呢喃飞燕情未了，

穿云破雾意冲天。

碧霄逢雨终有晴，

与尔携手揖月仙。

二〇一五年十月一日

致克非

铁马山前卒，

渤海一瘦鸥，

不须愁，

俄营藏将侯。

铠甲在，

少年羞，

忍看无数风流！

白庙大佛今安在？

让你我，

叩问秋。

相见恨晚未算晚，

轩辕帐前，

论神州。

询江山，

九派流向？

问深山，

五祖在否？

一杯豪情酒！

二〇一五年十二月一日

致广文

最是那回眸一笑的刹那，

男儿也杀花，

惊铁马，

惹白庙，

醒丹霞！

佛有智慧果，

把你的微笑隆重地收藏，

然后，

赠你百衲衣，

还有不朽的袈裟！

二〇二四年七月二日

布达拉宫　2024年9月，张漪鹏摄于西藏

秋辞

秋叶飘，
夜妖娆，
月光跳上眉梢。
清溪水，
心中绕，
涧边浅浅草。

秋光吻白桦，
古刹晨钟晓，
草庐柴门前，
谁推敲？

道不尽，
芳华雨，

梅花烙，

落英缤纷处，

人未老！

二〇一七年十月十六日

漓江

久梦南国忆漓江，
情比漓水长，
西子羞红粉，
无镜也梳妆。

九马吟，
钟乳胖，
银子岩下叹惆怅，
琉璃塔牵琉璃心，
灯影处，
梨花伤。

古驿桥头靖江府，
红烛燃，

霓裳曲，

胭脂香，

笙箫琴心对月唱。

二〇一八年四月十三日

桂林与北海

靖王远，

府犹在，

红颜一曲唱粉黛。

王道窄，

霞客哀，

五次叩门不得开。

银滩春俏娘，

指流沙，

踏细浪，

巧手把云裁。

月儿隐，

晚云笑罢，

轻歌一曲，

入君怀。

风铃声里，
老街旧事
古钟声飘不远处，
楼兰飘竹，
动地哀！

二〇一八年四月十六日

风铃　2018年4月，红菱摄于北海老街

扬州

扬州美，

西湖瘦，

贡院千瓦叠锦绣。

伯虎冤，

秋香愁，

秦淮月夜锁风流。

唐槐立千年，

飞檐挂滴漏，

雕栏处，

泪难收！

二〇一八年四月二十三日

何园

小桥流水不足道，
何园石涛叠笑巧。
曾公寄啸山庄里，
玉兰小姐绣楼高。
镜花水月逢春处，
戏台唱尽清水谣。

二〇一八年四月十四日

从军

铁马跃昆仑，

青春独自开。

弯弓能射日，

战甲男独爱。

二〇一八年六月十三日

迎春花

知更鸟，

未离巢，

春寒绕树梢。

桃红碎，

云寂寥，

风逍遥。

雪压梅，

寒摧桃，

迎春一夜绽，

星星点点染春宵。

二〇一九年三月九日

桃花吟

桃花雨，

细敲窗，

湿灯影，

香罗裳，

桃花坞里桃花眠，

梦中雁阵长。

桃花雨，

落山冈，

半岛醒，

泣忧伤，

风卷残红，

桃花已断肠！

二〇一九年三月十八日

野菊

嫩黄点点惹喜伤，
野菊唤醒小山冈。
远芳难侵古道静，
拾得云影入池塘。

二〇一九年四月二十四日

电影

风，
吹落了阳光，
雨，
打湿了眼眶，
手，
抓住了光亮，
心，
在黑暗中膨胀，
光影，
努力寻找洞穴，
出口处，
有温柔的海浪。

二〇一九年六月十五日

半岛

槐花醉，
松蘑肥，
红枫染笑眉。
大雁衔水情，
松针泪。

最是半山岩石瘦，
梨花入窗，
浪涛碎。
风怨柳，
柳问梅，
浪里笛声远，
晚风追。

二〇一九年七月七日

望海楼　这曾是一所为抗美援朝伤员建立的部队疗养院，坐落在渤海湾拐角的一个山坡顶上，山坡东边是海，南边也是海。作者中学时期，随父亲在这里度过难忘的两年多时光（2024年7月，红菱摄）

晚春

半掩柴门处，
馨芳香入云。
斑竹滴泪久，
暗湿胭脂唇。
汉庭拥海棠，
桃面迎晚春。
天妒浓情意，
谁言不销魂？

二〇一九年七月三十日

春柳

玄关外，

残雪瘦，

百灵唤醒绿枝头。

梨花含苞，

风追杨柳。

寒意远去春色近，

燕落鹦鹉洲。

丝丝翠色烟笼月，

遮不住，

漫天星斗！

二〇一九年九月八日

胡杨林 张漪鹏摄于新疆

结局

苍老的风，

苍老的雨，

苍老的街，

苍老的气息。

埋葬开始，

就不会，

埋葬花落的结局。

温暖的风，

温暖的雨，

谁会埋葬，

温暖的结局？

二〇一九年十月五日

沈水之阳

冰雪季，
梅花意，
尊前一杯情几许，
忆君当年语！
最是球场飞将军，
离别时，
惺惺惜。

秦皇一剑六国灭，
如霹雳，
汉祖挥鞭霸王劫。
长安曲，
情牵远，
夜郎西，

遥知昆仑心，

贺兰可堪喜。

那日与君别，

望背影，

难离去！

二〇二〇年二月二十日

散丹花

北齐岭上，
花，
开在坡上，
枝条，
悄悄地生长。

沉默的长峪城，
将苍老的季节包围，
花的芬芳，
在城墙上停留，
然后，
攀上古墙。

我想将这芬芳，

在掌心抚平，
不慎，
禾子涧水，
溅湿了衣裳。

涧水润黄土，
狼影在崖上，
洼地里，
冤鸣广陵散，
桃林唱。

马刨留西岭，
泉饮杨六郎，
老峪沟深，
填不满明媚的忧伤。

最后，
告诉阳光，
有一种心情，

在晶莹的碎片中，

野蛮生长。

二〇二〇年六月一日

热炕

好想把你忘记，
同炕的你，
有一天翻身，
却摸到，
炕席硌伤的印记。

眼前，
依然是你！
核桃叶，
掩埋了身体。

山杏花香，
默默地讲述，
山沟里的往昔……

麻绳，

扎紧年轻的腰肢，

麻袋，

搭在青春的肩上，

草帽，

遮不住满脸倔强的稚气。

苹果花开天落雨，

冷雨洗不去，

周身土炕的气息。

风吹来，

槐花雨，

多想聆听迷迭香的呼吸。

同炕的你，

我们一同吞下，

每一颗汗珠，

我们曾同饮，
水缸里带冰的记忆。

老峪沟深深几许？
唯有那铺炕的柴火，
至今燃烧，
烧穿了天地！

眼前，
依然站立着，
同炕滚烫的你！

二〇二〇年六月十日

秦妃

北齐岭上白石荒，
劲风不下岗。
漫水桥畔春水长，
马刨甘泉清歌亮。

杏花红，
散丹香，
熏衣裳。

池塘云朵乱，
屋中灯影伤。

秦妃笑，
海生光，

核桃叶上生妩媚，
兰亭娟秀字行行。

怎道是，
光阴散乱一声别，
人生短，
天涯长……

二〇二〇年六月三十日

拈花

唤醒云，
拈一朵雨花，
叮嘱夜，
染黑鬓发，
竖箜篌，
拨出丝丝情话。

花伞下，
一片粉墙黛瓦。
钟声远，
但见古刹宝塔，
叩草径，
轻履踏茅葭，
木楼柴扉藏不住，

春驻家。

收割一篓黄昏，
伴烛影，
静静睡下。
待明旦，
晓日映，
惊醒早霞。

幽兰淡，
菊素雅，
小镇何处不拈花？

二〇二〇年七月十一日

小河旁

水珠，
溅湿阳光，
光影，
在垂下的枝条上流淌，
凤尾竹的叶片，
温柔地刺向，
薄荷叶的清香，
鹅卵石圆滑的微笑，
在尘世间滚烫，
表面谦恭，
内心张狂。

小河旁，
唯有叶碰叶的声响。

小鱼惊，

虾腹胀，

水中向天空，

人间原来是云的模样！

仰天望，

鱼虾身俗志不俗，

只要心坚强，

修成金刚身，

也能漠南射太阳，

漠北射天狼！

二〇二〇年七月十三日

别梦寒

古琴台，

焦尾①弦，

杯中月色落尊前，

画堂暖。

香飘丝带，

玉手捧清莲。

雨花乱，

西阳残，

---

① 焦尾琴，中国古代四大名琴之一，《后汉书·蔡邕传》中记载了焦尾琴的来历："吴人有烧桐以爨者，邕闻火烈之声。知其良木，因请而裁为琴，果有美音，而其尾犹焦，故时人名曰焦尾琴焉。"

孤城万重山。

宫墙红，

青石板，

琴童献上承露盘，

茉莉泪，

湿青衫，

一曲别梦寒。

二〇二〇年七月二十一日

公园

不想让草地滚烫，
但说服不了阳光，
不想让树荫遮挡，
蒸发的声音，
在唇边流淌。

不想让花伞降落，
覆盖草径花伤，
不想让脚步太快，
怕绊住了肝肠！

想让时光，
停留在眼中，
想让那朵微笑，

绽放在一滴香汗之上。

二〇二〇年八月二十六日

归乡

赶脚的汉子，
走过了暮色苍茫，
勇气，
指引方向，
四野无声，
夜路漫长。

村庄，
告别村庄，
河水，
编织波浪，
黑夜，
怎能阻挡渴望。
记忆，

叮嘱诗行。
云朵，
托起月光。

小溪唱，
野花香，
一曲清歌颂归乡。
赶脚的汉子百愁肠，
烟袋装满苦难，
吸一口幸福的远方。

暗夜里，
看到了山的脊梁，
星空下，
看到了故乡，
生命里，
读懂了，
黎明的歌要清亮。
夜行者的信念：

忘山忘水，

唯有念故乡！

二〇二〇年九月四日

驼铃　张漪鹏摄于新疆

晚秋

橡树下，

潜伏着怅惘，

一枚秋叶，

寂寞地降落在手掌。

秋天的声音，

整齐而苍凉，

湖水静波，

秋风被肩膀阻挡。

飘落的黄叶，

凄美而神伤，

湖边的小屋有一盏灯，

被晚秋的夕阳点亮。

黄叶下，

潜伏着向往，

白云后面，

有遮不住的远方！

二〇二〇年十月二十四

秋韵 2021年10月，红菱摄于本溪关门山

秋韵

秋水嵌金片，
斜阳一剪裁。
水映千年柳，
蓝拥瑶池台。
宝刹有心来，
醉红不言哀。
寂静天阶处，
山空一棵槐。

二○二○年十月七日

独行者

公园的路上，

有一种沉思叫散步。

一枚走完了一生的黄叶，

旋落在脚下，

我弯下腰，

岁月耸起脊背，

脊背上的弧线，

如此漫长……

拾起黄叶，

翻过来，

记忆就在后面。

老了，

背驮着山峰，

从驼背上，
卸下了春雨、
夏花、
秋阳。

风，
叹息着在耳边沉吟，
洁白的季节，
苦等秋天落幕，
还山峰以清白。

冬天，
悬在空中，
降落吧！
雪是容颜。
秋虫，
在败草下争吵，
一年有三季。
人生的路，

在沉思中延伸，

愿我能活到，

美丽的第四季！

二〇二〇年十一月二十二日

夜纳

两指执线，

一根遥远的棉线，

穿过针孔，

还好，

我的眼没花，

记忆洞穿岁月。

缝纳是一种坐禅，

安静的周遭，

只闻针尖的浅笑，

心静，

百慧生。

外道言，

你老了，

那是久远的事情，

如今，

谁还做针线？

答曰：

这是静修，

我在，

心在，

意在，

时光在，

万物皆在，

又无所在！

缝纳的是记忆，

缝纳的是往昔，

缝纳的是灵魂。

佛动容，

君缝百衲衣，

尘世结善缘。

窗外，月影动，

屋内，烛影移。

我想缝补夜空，

因为夜空不完美！

二〇二〇年十二月十八日

风

风，
没有颜色，
没有形状，
却伟岸无比。
风，
没有棱角，
没有硬度，
却削石成泥。
夏日，
似吴侬软语，
轻舞飘蝶衣。
冬至，
像西北秦腔，
狂歌触天际。

风，

没有重量，

却能压垮大树，

摧枯拉朽。

风，

没有思想，

却能鼓动黄沙，

日行千里。

风，

有雌雄，

雌风，

安慰杏花雨，

雄风，

大漠狼烟起。

风，

不用躲避流言，

不怕一切障碍，

不会犹豫不决，

向东，

还是向西？

凡是违心的一切，

扑上去厮杀，

要么是，

秦皇一统，

要么是，

武曌母仪！

二〇二〇年十二月二十九日

如是①

风卷塞外雪，

雾锁板桥路。

秦淮一孤舟，

泪眼问斑竹。

寒气摧心碎，

陈公泣血书。

寅恪十年苦，

如是粉妆无？

二〇二一年一月四日

---

① 如是：柳如是，明末秦淮八艳
之一。

素心

晚霞背影后，
疑是鹦鹉洲。
落日素心圆，
婉约惊鸟鸥。
寒水收日影，
山林藏相侯。
石上磨刀笔，
斩断侠客仇！

二〇二一年一月十日

温汤

芙蓉出水浅，
粉颈映日长。
温汤洗胭脂，
樊素樱桃香。
青鸟来探问，
柳下追情伤。
谁弹广陵散，
一曲羽霓裳。

二〇二一年一月十一日

依恋　张漪鹏摄

怀凤

粉蝶彩翼短，

春日燕啼长。

莺歌桃花落，

柳下百灵伤。

首山难聚首，

温汤暖愁肠。

忍看春光里，

槐花满天堂。

二〇二一年一月二十三日

光阴

咖啡洒了，
将光阴的脚窝注满，
旋转的芳香，
弥漫在草叶背后。

晃动的日子，
一天一天垒起四角桌，
饮一杯风雪，
使时间坚固起来。
与阳光商量，
温暖是可以储藏的。

当肩膀长满荒草，
目光穿透迷茫，

扇刀的螺旋，
奏出幽默的旋律，
心情，
便会在湖面上安睡。

几片叶子，
散乱地落下，
在杯子里漂浮，
没有方向。

二〇二一年一月三十一日

妄念

古老的风，
吹落日月，
远处的洞箫，
轻抚琵琶，
琴断香魂泪，
一曲《霸王卸甲》。

卧莲拥宝瓶，
菱花勾栏叠塔刹。
黄花女儿哭绣楼，
斗拱雕梁旧时家。

坐空时日存妄念，
面壁数年生禅心，

凡俗红尘相爱相杀。

青灯下，

只见凌烟阁①，

不见慈悲塔。

二〇二一年二月七日

---

① 汉明帝刘庄在洛阳南宫云台阁
命人画了东汉开国皇帝光武帝刘秀麾下
的二十八位功臣的画像。唐太宗李世民
效仿东汉，建凌烟阁，供二十四功臣
画像。

意念

花香，

能穿透墙吗？

只要墙足够柔软，

于是，

海浪唱起了歌。

温汤，

将那个夏天浸泡得太热。

海浪，

冲上沙滩，

杀死了不愿离开的脚印。

把雪花夹进书页，

书页里，

散发着冬天的冷香。

回头的弧线，

把时间抛给了重逢。

整理难忘的日月，

一点一点装入行囊。

一把阳伞，

能遮住整个天空。

二〇二一年二月十二日

太平湖

湖边，

长着一双眼睛，

仰望星空，

默默地流泪。

许多年前，

湖被埋葬了，

上边建起了摇晃的高楼。

旧日里，

湖水清清，

花影树影，

在水中祈祷，

愿湖桥永固。

可是，

愿望坍塌了，

湖心死了，

追随她的，

还有一个作家和一条狗。

睡了一晚的月亮醒了，

这是一轮沉默的新月，

月光，

照亮了路边的站牌，

售票员哀伤地报站：

太平湖！

二〇二一年二月十七日

献蝶

灵动的天空，
淡写的云，
晚霞激动得五彩缤纷，
沉默的树林，
被暮色刻意忽略了，
心浮沉。

山村的老宅院里，
一只蝴蝶，
犹豫地站在窗口，
触须卷成两朵簪花，
卷成美丽的哀愁，
风，
在裙摆下等候。

屋内，

颓垣断壁，

窗外，

牵牛花下藏锦绣。

蝴蝶的呼吸急促。

墙外，

是山野的呼唤，

墙内，

是埋葬渴望的香丘。

无情的风，

扑向山谷，

松林惊醒了，

闭上眼睛，

头顶的星空，

将被美丽的翅膀占有。

二〇二一年二月二十日

南迦巴瓦峰 2024年9月，张漪鹏摄于西藏

转身

转身，
来时的土路，
铺上了柏油，
野花四散奔逃，
苇草倒毙在河边，
白桦树想站起来，
但树根长在了头顶，
她安静地睡去。

转身，
山河已老，
英气和时光，
从心头悄悄滑落。

转身，

雨滴闪了一下，

没入泥土，

接住她多好哇！

润泽三千尺青丝，

免得日后悲白发。

咏叹，

是另一种奏响，

山后，

正在淬炼，

等待夜尽，

喷出一个素雅的早晨。

二〇二一年二月二十三日

车站

火车，
可以运送心灵。
两棵玉米，
长在手心，
拔节的声音，
异常动听。

热汗，
将这个夏天，
一寸一寸湿透。
长条木椅，
静静地展开身体，
上面，
长出一朵玫瑰，

细细的脖子上，

布满点点勇敢的刺，

刺穿了膨胀的车站。

旅客提着行李，

绕开长椅，

因为，

两棵玉米，

一朵玫瑰，

实在太拥挤了。

玻璃窗将阳光，

割成碎片。

二〇二一年二月二十六日

车站　2022年，张漪滨摄于捷克

花香

走了一生，
也没走出，
蒲公英的花香。
回家的路上，
又被她绊倒，
她告诉我，
叫苦菜花，
于是，
无声地抱紧她，
泪流满面。

二〇二一年三月三日

礁石泪

海浪遇到礁石，
冲上前对话，
于是，
有了浪花。
礁石，
是牡蛎一生的依靠，
一万年太久，
它也许变成细沙。

海水，
变得弯曲且有力，
海湾，
便是一种屈服的美丽。
美好，

本该如此，

延续，

没有边际——

不久，

礁石，

被一座水泥凉亭，

野蛮地占领了，

纠缠礁石的海带逃走了，

牡蛎流亡了，

礁石上，

五彩斑斓的海葵也枯萎了，

鱼儿眼中的美丽，

没有了。

二〇二一年三月五日

礁石泪 这是渤海湾一座古城的海滨，之前的三座礁石，被一座水泥栈桥连接。礁石处再也见不到小鱼畅游，海葵绽放。岸边一片高大的白杨树林，也被一排高低不平的饭店替代。白杨树上的喜鹊，不知去了哪里安家（2022年8月，红菱摄）

角落

树叶，

围成的角落，

很安静，

鸟儿的翅膀，

很干净。

坐在安静的树叶上，

看蓝蓝的天空，

什么都不想。

或者，

什么都想了。

二〇二一年三月十日

一日

晨起饮朝露，
正午倚茅葭。
日尽晚霞暖，
夜短一杯茶。

二〇二一年三月十二日

芳踪

梦里千寻梦里花，

唤芳香，

春来访，

秀吐藤萝架。

晓风问，

谁初醒，

步摇处，

满树桃花。

二〇二一年三月十五日

知道

坐在河边，
被青草包围了，
芳香，
渐渐靠近，
目光，
被清清的河水抚摸。

水的深浅，
鱼知道，
岸的牢固，
水知道，
花哭泣了吗？
满地花瓣知道。

鸟倦了，

归巢，

风累了，

归隐，

树老了，

倒下。

知道，

始于不知道。

二〇二一年三月二十五日

漫游　2024年9月，张漪滨摄于家附近的公园

树林

阳光，

曲曲折折闯进来，

每一寸，

都被露水打湿，

树叶，

挨得很近，

风吹进来，

它们会彼此碰伤，

发出沙沙的声响。

风和雨，

在树的心中，

旋转成圈圈光阴，

于是，

有了年轮。

深入林中，

阳光在头顶，

纷纷落下。

二〇二一年四月七日

木泪

初春，

天空很低，

几朵温暖的云，

被风赞美着，

四处炫耀。

镜子里的枫树，

长得很高，

飘荡的云，

可以在树顶筑巢。

母亲说，

锯掉一半吧。

攀上树，

下面都是低矮的生命，

天空，

因为高大的树，

不会掉落。

理解了，

鸟儿为何总是在枝头，

高傲地鸣叫。

镜子后面传来父亲的声音，

断树择时，

莫在春天，

萌发的季节，

树有泪腺。

锯，

在手中欢唱，

断痕处，

木泪流淌，

吮入喉，

甜甜的。

木心挣扎，

痛苦的甜泪，

苦苦地流入夜晚，

锯，

僵硬地锈住了。

二〇二一年四月八日

天明

梨花梦中醒，
烛泪湿灯影。
窗外梧桐雨，
滴滴到天明。

二○二一年四月十三日

天津

未闻，
天子拜码头，
只闻，
码头拜天子。
一天，
龙气登临，
天子叩津门，
天津，
遂名。

平原上，
裂土成河，
河通海，
河淼如海，

海河，

遂名。

河，

统治着两岸，

岸边的英气，

将人心，

逼得张扬，

卫城，

郑重地承诺，

守卫龙气和美丽。

河面上的云影，

天天变换，

河岸上，

木秀于林，

很像你！

二〇二一年四月二十日

龙　张漪滨书法作品

书香

一个老者，
静静地坐在草地上读书，
书香和花香，
相互问候。
走近他，
阅读他的身影，
书页上，
每一行字，
在向我致敬。

轻移玉步，
书页翻动的声音，
悦耳动听。
天空可以移动吗？

草地可以移动吗?

不,

不能!

我只有将心移动。

一朵曼妙的云,

随着心跳,

慢慢移开。

二〇二一年四月二十一日

闻书则喜 张漪滨二十世纪八十年代末在北京的部队图书馆阅读

时 间

松开手，
徘徊的是时间，
握紧手，
竹叶上，
滑落了流年。

多好哇，
花慢慢开，
草慢慢长，
一双玉手卷珠帘。

云轻柔，
风鼓帆，
谁又能叮嘱时间，
让她准时来到小溪畔。

时间不负人，
可有时，
人，
却辜负了时间，
人生何时是开始？
一朝一夕思华年！

有时，
不只是，
渴饮长江东逝水，
坐看黄河落日圆。

闭上眼，
时间在脑海里盘旋，
握紧她吧，
蝴蝶翅膀上，
美丽的时间。

二〇二一年四月二十四日

工厂

工厂的铁门，
被油墨染得很黑，
黑色的玫瑰，
在工装上，
朵朵绽放。

每一枚铅字，
在手指间跳跃，
托盘上，
排好锦绣文章。

轮转机四色的滚筒，
粗声粗气阅读，
每一行文字。
校对员的眼睛，

异常疲惫，
常常跳出窗外，
寻找阳光。

午饭时间，
工友们冲出车间，
融入暖阳。
香喷喷的食堂，
兴奋地吞吐人流，
急切而匆忙。
墙外的树荫，
向食堂后窗移动，
它闻到了饭香。

工厂的门，
上面有墨香，
它每天靠近，
我的胸膛。

二〇二一年四月二十七日

车间

车间的角落，
有一盏孤独的灯，
灯影下，
一片贫瘠。

师傅对我说：
"干活，吃饭。"
真实的话语，
能将心灵击碎。
在沉默的日子里，
阳光和月光，
永远锁在心中。
工作是为了生活，
但生活，

却不单单为了工作。

放工了，
工友对我说：
"这一天又拿下了。"
是呀，
朴素的语言，
火热而又寒冷，
艰难地拿下每一天，
我仍在心中重复着：
"干活，吃饭。"

送走一天，
向坟墓靠近一步，
这是人生的真理，
亦是真相。
我苦笑着走出车间，
此刻，
身后那盏孤独的灯，

豪爽地向我投来光亮，

将影子拉得很长很长，

我回头向它笑笑，

影子顶天立地。

二〇二一年五月一日

旧窗

早上，
许一个愿望，
傍晚，
告别惆怅。
白日里，
仰望天空唱首歌，
一天便被唱响，
或许，
一首挽歌，
也能告慰孤肠。

街上的脚印重叠，
每一个人的心里，
都意味深长，

思考将肤浅压迫，

深沉被讥讽为假象。

天垂泪，

雨滴挂满旧窗，

人潮涌动的城郭，

单调而凄凉。

晚上，

关上夜色苍老的旧窗，

走出门，

伸手围拢夜空的星星，

它们对我说：

"纵然将我们聚在一起，

也不能胜却月光。"

二〇二一年五月五日

纪念

声音，

是可以纪念的。

红石村的石头，

和夕阳并排站立，

石头唱歌，

唱红了晚霞。

田野里，

喇叭花细细的脖子，

柔软而芳香，

玉米拔节了，

声音压向草叶，

异常动听。

蜜蜂吮蜜，

很辛劳，

轻微的喘息声，

不易察觉，

然而，

喇叭花听到了。

摘下花，

放在手心，

倒过来，

原来是一件，

美丽的裙子。

二〇二一年五月八日

春安

蔷薇，

湿了泪眼，

粉红，

托起青花盘，

双清河，

水清浅，

晓风慰，

杨柳岸，

期许问睡莲。

春来春半，

桃花掩朱颜，

惜春不忍邀春风，

风吹春芳艳。

二〇二一年五月十二日

故居

欧陆的风，

在街角站立了百年，

苍老的墙壁上，

雨水一遍遍询问，

新鲜的阳光，

何时造访？

终于，

洋房内溢出花香，

爬山虎好奇地攀缘，

想触摸芬芳。

烟尘中的炮台，

宏伟而夸张，

芬芳，

再一次包围了老墙，

花香怎会苍老？

岁月不会惊慌，

今天，

月光引导归人，

故居在身后，

不免神伤。

二〇二一年五月二十二日

声 色

声音如此拥挤，
寂寞还给往昔，
目光半空中断，
雷电撕裂天际，
追风乃见勇气，
吞风方显不屈，
巨浪身形扭曲，
逃跑的是泪滴。

色彩如此拥挤，
寂寞还在延续，
松针刺破花香，
粉红怀念过去，
青山绿水归心，

盈怀杏花春雨，

来年海棠起舞，

采摘杨柳飞絮。

二〇二一年五月二十三日

夏韵

柳絮，
降落在路旁，
坚毅的性格，
让它们抱成团，
夏的帷幕拉开了。

野菊撞开了，
雾锁的清晨，
菊香直冲蓝天。

车前草柔韧的筋骨，
在草地上，
能屈能伸。

半枝莲蓝色的小花，

一半缺席，

另一半让给了紫罗兰。

榆树的铜钱花，

既香甜也充饥，

槐树花的香气，

问候每一个路人。

二〇二一年五月二十四日

空白

天空，

逃跑以后，

季节，

被省略了，

乌鸦，

脱去翅膀，

雪地上，

留下空白。

水波被固定下来，

鱼在构思，

怎样游走。

山空了，

雾的脸色惨白。

空白，

使画作灵动，

笔怎能寡言？

村后，

涌出了清泉，

泥鳅翻肚，

水塘，

一片惨白。

空白，

在某一时刻，

会接纳，

逃跑的天空。

二〇二一年五月二十四日

车夫

旋转的车轮上，
有我一天的口粮。
路边，
站立着银子，
意念，
推动车轮，
银子的笑容丰腴。
颐和园庆幸，
百年后，
你还来看我，
客人的请求，
让我在房山，
轧碎了花岗岩。
北京，

是骆驼背上的城市。

今天，

车夫心上，

轧碎的骆驼，

依然在车轮前，

吃草。

二〇二一年五月二十六日

天奴

羽翼，

划破黎明，

翅膀，

赶走浮云，

飞翔，

是一生的功业！

鸟瞰，

是高傲的鄙视，

心，

不甘降落，

尽管，

大地捧出食物，

但果腹，

是为了冲天！

若此生为奴，
也做天奴，
因为，
我曾啄穿大地，
也难寻归宿。
羽信插在腿上，
捎给北屋里，
那遥远的太阳。

二〇二一年五月二十九日

雪鸮　张漪鹏摄

刺红

桉树安，

浮萍漂，

光影一浅笑。

雨夺云，

雾夺霄，

刺红夺妖娆！

山林难辞静，

小径唤翠草，

朦胧中，

花叶醒，

刺红独自俏！

二〇二一年六月二日

少年

折叶做扁舟，
载不动，
许多愁。
采摘过去，
那朵孤独花，
投入河流。

莲树，
摇落种子，
沉重，
使种子充实。
坐在树下，
惊醒，
是早晚的事。

小人书丢了，

那是一本，

关于小人国的童话，

喜爱，

是会种在心里的。

愁苦，

使整个夜晚，

变成了一生。

母亲的手提包，

在那个夜晚，

一直睡在心里。

二〇二一年六月六日

绞脸

孤独的垂泪，

可以告慰孤独。

早晨绞脸，

是姥姥一生的功课，

我站在她身后，

仰望清晨，

镜子里，

慈祥映照慈祥。

两根细线，

捻拢扯紧，

在脸上滚动，

一夜的油腻，

被一根线，

锁住了喉咙，

乌黑的发际线，

将阳光，

分割成七色，

清晨，

多么动人！

午后的路，

在姥姥脚下，

铺展开来，

晃动的小脚，

走在路上，

日子，

也晃动起来，

她牵着我的小手，

却只恨，

不能被牵入她的人生，

然而，

姥姥却是我一生的追随。

她常对我说：

听味，

才是真味！

六月飞雪，

活冤煞！

老天哪！

为何不陪姥姥一起老呢？

病床前，

姥姥唤我的小名，

我这口气，

怎么这么难咽哪！

我握住姥姥的手，

大声呼唤：

姥姥，

你是我的一生！

二〇二一年六月九日

怜红

风，

送来它的曲子，

奏响花的叶子，

摇动的旋律，

将雨丝，

缓缓牵来，

刚想关门，

雨却将，

整个夜晚湿透。

花期正当时，

可怜的玫瑰花，

艳丽的清晨，

被一寸寸扯碎，

红色，

败给了无情，

残红一地，

静静地思考，

或许，

不会白白地牺牲。

二〇二一年六月十五日

庄园

知更鸟抖动羽毛，
黄昏缓缓飘落，
过往的烟尘里，
鸟儿一代代筑巢。
乔治风格的铁门，
锁住了往昔。

午后的阳光，
在草地上跳跃，
贵族的马车，
在草坪上停稳，
薰衣草的芳香，
攀上台阶。

百褶裙，

深情地叠加，

琥珀项链，

温柔地围绕粉颈。

舞会上，

香槟和娇颜的相遇，

惊动了鸽楼上的玄窗，

乳鸽宴，

盛装登场！

宽阔的御道，

两旁侍立的栗子树，

都是这华美宴会的序章。

风云和阳光的尾声里，

谁又能忍心，

杀死一只知更鸟！

二〇二一年六月二十三日

旧时王谢堂前树　2024年9月，张漪滨摄于英国南伦敦古代王室贵族庄园

葬齿

悲伤的雨，
从庭院下到山前，
堆起巴掌大的坟墓，
雨丝乱。
风不愿在，
吹干泪眼前离去，
一步一怅然，
乌云在头顶，
朵朵坠落，
锥心寒！

牙齿的生命，
是在快感中被摧毁的。
为一枚牙齿立碑，

用悲情雕刻欣慰，

鼓励我，

再次攀登陡峭的生活。

它曾为我嚼烂，

风霜雪雨，

它曾为我细品，

月明花语。

风来雨来，

唯有生命不能重来，

为一枚牙齿超度，

它去地下浴火，

重生为一枚舍利子。

二〇二一年七月三日

丢心

误入夜，

后背沾满了星星，

杏花醒了，

打开片片花瓣。

夜露，

湿润了柳眉，

心却丢失在小河那边。

灯芯草燃亮了影子，

脚步输给了河岸，

不想丢的东西太多，

但丢心，

一定会使荷花沉没！

二○二一年七月十二日

云门

闻善堂的大门，
洞开在枣树身后，
菱形的红晕，
悄悄靠近树梢，
祥云夺门而入。
中堂是板桥竹，
楹联在风中舞动：
墨菊悲啼泪，
落香隐林中。

南王庄的状元第，
痛苦地倒下了。
风声凄厉，
转身云低，

天破，

在惊恐的午后。

阳光，

总是旋转，

因果，

却崎岖坎坷。

宝坻，

是一块玉石，

在姥爷手中温润，

林亭口的花轿，

将姥姥的小脚，

诉说得淋漓尽致。

堂屋，

金砖墁地，

烛火，

点燃了火烧云，

田园，

被眼泪淹没了，

祥云，

在眉头跌落。

然而，

善良，

是一生的脚步。

姥姥用火柴盒，

糊就的烟笸箩，

盛满对往昔的追念。

天落雨了，

竹泪隐于山林，

往日的悲喜，

遁入云门。

二〇二一年七月二十日

读靶

靶场在小山下，
激情，
在准星上等待，
小草晃动身子，
靶壕笔直，
风摇不动它。
一条草蛇，
在脚下蜿蜒，
土色的花纹，
使双脚迷失，
蛇的眼睛里有阳光，
铺展在记忆里。

靶壕高过头顶，

黄土的味道，

支离破碎。

弹道直率，

纸上的弹道弧忽略了，

弹头穿过靶纸，

有一种风破碎的声音，

异常清脆。

子弹在头顶掠过，

云破风惊，

报环牌高高举起，

间歇时，

坐在靶壕下，

你阅读天空。

二〇二一年七月二十八日

想象

雨的鼓点敲哇敲，
云的笑脸飘哇飘，
草的叶子摇哇摇，
花的芳香呢？
只要想象醒着，
芬芳就在周围。

二〇二一年七月二十八日

夏别

早上，

蓝天不想吞下阳光，

槐花串串，

香气撞破晨雾，

额头停下汗珠，

夏被掏空了。

百里香在奔跑，

半岛被甩在身后，

温泉瘦如骨，

细流注入苹果叶片。

岛上的石竹花，

沉默又想絮语，

离别后，

风雨醒来经年，

又是一种别样的心动！

二〇二一年八月三日

南渡

铁狮子坟旁边，
是我的学校。
头发努力地飘起来，
雨却悲戚地滴落。
蓖麻子黑衣白点的衣服，
圆润而亮丽，
凤尾花扭动着妩媚，
夏天如此动人！
少年内向的心，
缩在墙角，
沸腾的操场，
顿时安静下来。
玫瑰花的香气，
被隔在对岸，

一叶渡江，

回头，

心里仍惦念，

窗前的那棵枣树。

铁狮子坟，

仍旧在那里，

两只铁狮子，

却站在师大附小门前。

二〇二一年八月十四日

午夜

薄绢夺尺滴夜色，

兔毫凉，

雨帘斜挂，

窗上竹影晃。

移玉步，

入后园，

身畔有菊香。

最应午夜问星宿，

谁伴我，

探访秋海棠。

二〇二一年八月十九日

前生

洞庭泱泱，
戈壁茫茫，
披一身晚霞凭栏望，
三千遗事少，
九千古意多，
惊醒多少旧日清歌。

多少雅意，
离殇江阔，
挥泪浇灌平湖绿荷。
脚印何其浅，
去日已无多，
流水不悔碎红乱，
云梦泽畔荡清波。

二〇二一年八月二十四日

故事

坐在草地上，
不想说话，
可风摇动我的嘴唇，
那就说给自己听，
故事刚开始就老了，
墙上爬满皱纹。

二〇二一年八月二十五日

唐史

昭陵六骏轻吻石头，

晋阳秋，

洛阳城头旌旗碎，

秦王愁，

玄武门前血溅月，

帝衣瘦，

殚心竭虑铸贞观，

誉千秋！

二〇二一年九月六日

天珠

坐在窗前，

秋天扑面而来，

跳舞是昨天的事。

街道尽头，

路灯妖娆，

吊起菊香。

第五道空间里，

门开放在鲜艳的早上，

念珠在手上，

朝珠在项上，

天珠在黑暗背后，

发光时，

一身青花衣，

开片了!

二〇二一年九月七日

小街　2021年冬，张漪滨摄于马耳他

日 子

坐在树下，

背靠阳光，

什么都不想，

其实什么都想了，

鸟儿在树枝上跳跃，

光影纷纷落下，

捡拾光影，

顺便捡拾散落的日子。

二〇二一年九月十六日

否定

阳光，

否定了晨雾，

太阳登场。

月亮，

否定了白昼，

夜色，

描绘了河床。

人哪，

不断地否定自我，

成熟，

便会雕刻思想。

有一个声音告诉我，

否定之否定，

大脑和四季就会变得正常。

青山哭不倒，

莽原也疯狂，

九嶷如果老，

湘水便情长。

二〇二一年九月二十八日

皮肤

慢慢靠近你，

皮肤紧张得发烫，

手指攀爬皮肤，

你的目光跌落肩膀。

你说，

别紧张这是梦，

紧张就打开窗。

午后的阳光撞进来，

梦熄灭了，

梦的剪影，

贴在玻璃窗上。

二〇二一年九月三十日

观雨

雨丝不用编织，

风会告诉你，

斜曲的方向，

抽打是鞭策，

直泄是昂扬，

淅淅沥沥是润泽，

大地不再张狂。

夜晚的风，

邀你进池塘，

风啸唤雨，

竹悦荷香，

媚娘十八岁，

无人让你醉颜，

池塘浅，

十步伤！

二〇二一年十月三日

季节

推开门，
叶落霜啼，
季节就在那里，
想了很久，
原来青春和季节有关。

其实，
心情就是季节，
蹲下细观蚁行，
生命与荣辱无关，
生与灭，
季节清醒地告诉我，
认真睡觉，
认真吃饭。

二〇二一年十月十日

移动

闭上眼睛，
梦在移动。
睁开眼睛，
花影在移动。
你说话时，
云朵在移动。
你又说，
沉默多好哇，
天空在移动。

二〇二一年十月十三日

山水

你看山，

我看水，

站在桥上，

一朵孤独的浪花，

溅湿了眼睛，

虽然花谢了，

涟漪却兴奋地在水面上张扬。

远山不言，

影子一点一点，

统治了水面，

你爱山，

我还是爱水。

二〇二一年十月二十二日

远山不言 2024年9月，张漪鹏摄于西藏纳木错，远处是念青唐古拉山

秋心

你走了吗？
我不敢肯定，
风推云动，
雨留半空，
秋意深浅赠予谁？
全凭我心情。

黄叶悄悄落，
涧水凌霄停，
潭水清清收日月，
深谷幽幽藏秋声。
没关系，
你走远了，
但我能读懂你的背影。

二〇二一年十月二十九日

雨后

不想说破，

路灯下的阴影，

树枝，

抖落雨水，

雨水中，

熄灭了最后一颗星星，

不经意间，

暗夜被雨丝，

抽打成黎明。

安慰不幸，

告慰阴影，

弯曲重叠，

或许能变成彩虹？

湿润的思绪，

唤醒弯弓，

生锈的语言不兴奋，

怎能变作箭锋？

我兴奋，

但我不能。

二〇二一年十一月二日

雨后　2024年7月，红菱摄

殉道

无数次回望，

刻在墙上的悲伤，

故事跌跌撞撞，

还原了久远，

还原了那年的秋霜。

你笑着说，

我青春，

我无悔，

我去天堂殉道，

从容入火塘。

秋风穿透那堵墙，

我转身细看，

你是一尊雕像。

二〇二一年十一月七日

摇曳

走在路上，

原野在倒退，

深秋和初冬作别时，

界限很模糊，

路边有一朵小花，

在寒风中摇曳，

她说，

即使落雪了，

冬天，

你奈我何？

二〇二一年十一月十日

晚霞

当落日向我告别之时，
仪式，
何等隆重。
山，
献出了轮廓，
云，
唤醒七色，
海面，
平静地等待，
等待心将海面烧红。
晚霞，
是重逢前的瑰丽谢幕，
晚霞，
我喜欢你！

二〇二一年十一月二十日

沙滩

清晨，

露水湿润了枕单。

凤竹倚窗，

铁门，

拒绝了甜蜜的童年。

松针弯成钓钩，

钓起了金色的沙滩。

垂红响马，

坝上的红柳，

枝摇惯看。

沙滩上，

一串脚印，

通向心田。

不远处，

早霞拍遍栏杆。

旭日无悔，

纱秀哇，

请你慢一点，

弥漫海滩。

二〇二一年十一月二十一日

写字

不喜欢说话，
喜欢写字，
字可以在，
夜色中被洗白，
也可以被阳光，
温暖成粉红。
时光，
一寸一寸被折旧，
折旧成尘封，
尘封的文字，
会变成沉香，
四季走了又回，
重叠的目光，
落在字上，

庄严得化作眼泪！

二〇二一年十一月二十六日

张漪滨出版的散文集

嘲笑

独自蹲在地上，

他们笑我，

一个丰满的嘲笑，

让蓄谋已久的目光，

愈加专注。

目光追随初冬前，

最后一支蚁行，

冬天来了，

寻找食物冬藏，

人类不是同样？

你们的嘲笑，

一定会枯萎在，

某个严冬的早上。

二〇二一年十二月一日

钟声

钟声，

造访了寒夜，

雪，

掩埋了启程的日期，

脚步，

被风刮得凌乱，

走吧，

跟随雪花轻旋。

你信吗？

松林后面，

有我温暖的从前。

钟声远了，

远不过那座山，

冬天的冰冷，

冷不过心中的千岁寒。

秋叶舍身，

肥沃泥土，

冷月寒光，

依旧亮眼。

钟声辽远，

远在天边。

二〇二一年十二月一日

烦恼

街上很吵，
人流很长，
喧嚣，
被太阳晒死，
手心很快乐，
手背却很凉。

二〇二一年十二月一日

冬雨

落雨了，
读懂冷雨，
须要体温，
冷雨遇到风，
体温，
在风中凌乱。

有时，
向前一步，
即是错误，
站在那等待，
抑或，
在河边听雨，
冷雨和热雨，

滴落河面的声音，
同样悦耳。

二〇二一年十二月七日

墓草

头上的枯枝，
枯萎了墓床，
人事更迭，
愿时光温柔些，
以慰墓草长，
转身离去，
一枚落叶，
将头砸伤。

二〇二一年十二月十三日

生与死 2024 年 9 月，张漪滨摄于英国南伦敦古代王室贵族庄园

遥远

遥远有多远？

背起米尺，

睡倒在天堂。

附近有多近？

炊烟绕梁，

召唤败给花香。

装满四季的行囊，

让雪中的脚窝膨胀。

走吧，

只要在路上，

遥远不远，

风与风的距离，

接近心脏。

二〇二一年十二月二十一日

山谷

风，

陪我在山谷中睡去，

大地苏醒后，

山谷，

悄然远离，

树上，

结满了慌张，

树下，

青草在聚集，

有一种气息，

被画家，

画成了荒原上的风笛。

二〇二一年十二月二十八日

父亲

石头垒起的父亲，
搬动任何一块，
都异常沉重。
沉默，
是你一生的主线。

女真人的血液，
在安静中奔涌。
树枝，
划破天空，
阳光洒下来，
白山黑水，
躁动不安，
枪和刺刀，
在马背上睡去，

疆土和缰绳，
只需谱成歌曲，

雷州半岛，
在暖浪中摇荡。
铠甲的味道入药，
最终，
压垮了病床。

刀笔，
在你身下，
画满花纹，
布满花纹的石山，
只闻倒塌的声音，
但仍然矗立。
我走出你的身体，
但我走不出，
石头垒起的故事。

二〇二二年一月八日

妈妈

你不言，
玫瑰绽放，
你不语，
棕榈温香。

泪润脚踝，
我不停地奔跑，
去后园，
遍植忧伤。
不敢想，
庄园凋敝，
谁杀了状元郎？

通州师范女，

不忍平庸，

南下戎马写辉章。

京城胡同里，

青春碎给，

四九城墙。

论才学，

儿不如，

论书艺，

退且输。

母亲是天空，

儿是天空下的小草，

儿溅泪，

烛火枯！

二〇二二年一月九日

遥望

望断雨，

望断风，

望不断无常。

低眉处，

梅献清香。

望断雁阵，

望断雕梁，

望断肝肠，

遥望处，

难忘夕阳！

二〇二二年一月十二日

一生

少年时，

喜欢诗，

枕头掀起波澜。

青年时，

喜欢散文，

花香洞穿玻璃。

壮年时，

喜欢小说，

人物破墙而入。

老年时，

喜欢杂文，

篮球变成方形，

球场塌陷了。

二〇二二年一月十三日

性情

性情降落的时候，
理性略显悲哀，
鱼跳出水面，
弧线轻柔地卫冕。
阳光刺眼吗？
它能刺穿，
鱼跳的水面。

花开得耀眼，
路边的小草，
扭动地生长，
在夜晚，
性情让花，
开在不想承认的昨天

二〇二二年一月十四日

发呆

坐在路旁，
呆呆地看太阳，
双脚埋入泥土，
双手捕捉阳光，
一颗素心无所想。

太阳告诉我，
心中生长的故事，
在发呆的时候，
很短又很长。
路人甩下目光，
将我的脸灼得很烫。
路上扬起的红尘，
将七尺微躯抬起，

慢慢接近太阳。

二〇二二年二月二十三日

我想

我想，

让树枝，

沿着我的思路，

生长。

我想，

让鸟儿，

朝着丁香指引的方向，

飞翔。

我想，

让桃树胶，

酿成琥珀。

我想，

让槲寄生，

缠住我的思想。

我又想，

何时，

河里的石头，

越滚越方？

何时，

露水能溅湿太阳？

何时，

月亮能长出皱纹，

盘中的鱼，

又游回湖江？

我越想，

越不敢想……

二〇二二年二月二十六日

错过

错过了山，
错过了水，
错过了妩媚。
回头审视，
灿烂淹没了后悔。

山不燃烧，
怎成赤壁？
水不悲戚，
怎成怒水？
错过，
其实是一种美！

二〇二二年三月三日

灯蛾

灯蛾倒在雪里，
毛虫之身唱响北极，
极寒不死十四载，
昆虫的生命，
竟与犬寿齐，
冻僵的是身体。

朔风吹，
入短笛，
来年春风奏起，
破茧化蝶，
灯蛾毛虫的一生，
是北极的奇迹！

二○二二年三月六日

小城

咖啡的泡沫，
把小城里外，
泡得透香。
人影，
在阳光里，
滚出一身金黄。
迎面走来，
见证过那场明清大战的
古城墙。

大海的咸腥味，
将海鸥的翅膀，
压得很低。
滨海小城很兴奋，

吞吐季节的时候，
情绪钻进螺屋修炼。

寄生蟹赤裸着身体，
爬向海滩，
身后留下一道，
不知是泪，
还是汗的湿痕。

二〇二二年三月七日

兴城古城钟鼓楼　公元990年，辽代于现辽宁兴城觉华岛上建兴城县，1428年明朝在宁远卫城的基础上修建了宁远城，民国三年（1914年），重新启用兴城之名。1626年正月，后金努尔哈赤大举进攻宁远城，明朝大臣宁前道袁崇焕率领将士，誓死守城，取得载入史册的"宁远大捷"（2024年7月，红菱摄）

胡同①

胡同不短不长，

时光又喜又伤。

声音很拥挤，

雨丝慢慢编织，

编织成耀眼的芬芳。

朱漆紧锁广亮门，

门楣上，

悬着一缕香。

香椿依偎灰墙，

灰墙叹息，

---

① 作者曾住在北京市东城区南小
街，内务部街五号院。

只见破败的庭院，

再难见，

一树梨花压海棠。

二〇二二年三月二十日

埋葬

玉米地，

埋葬了天空，

扯碎的香气，

铺天盖地。

石墙孤寂地静候，

彩云轻柔地抚摸，

皮肤很敏感，

海浪进退时，

印下了，

波纹样的年轮。

二〇二二年三月二十四日

等待

一杯茶，
在等待春天，
青草长满了杯沿，
茶叶在杯中旋转，
旋转了整个冬天。

桃花醒了，
水仙摇动眼帘，
夜晚，
湖水起微澜，
碎了月亮一弯。

端起茶盏，
走进芳草的香气，

小心地触摸从前，

一个声音在追问，

该读懂生命，

还是读懂天边？

姥姥的眼泪告诉我，

成长吧孩子！

于是，

擎杯急行，

用这杯茶，

去浇灌荒原。

二○二二年三月三十一日

千寻

千里江山两壁摧，
长河不悔问谁归？
桂花梨花南北问，
一统秦淮答千回！

二〇二二年四月六日

山祭

夜晚，
被月亮哭弯了，
星星，
被眼睛霸占，
老槐树下，
碾盘转出细芽芽山。

石头重情，
垒起喘息，
井水甜，
绳索牵引焦虑，
山的背影好沉重，
水塘不语，
默默地沉寂。

核桃圆，

草叶低，

两壶水酒，

可做山村祭。

二〇二二年四月六日

感春

春的早上很细腻，
推开窗，
温风抚摸手的纹理；
走入树林，
柳枝上的水珠，
被眼神光顾，
不要告诉谁，
她会晶莹欲滴。

春天很短，
短到一夜醒来，
迎春花谢，
玉兰折损，
妩媚哭泣。

千般倾诉还是你，

只需记得，

灵鸽衔一缕阳光，

筑巢时，

嫩枝横搭，

枇杷花，

孵化在巢里。

二〇二二年四月九日

月光

屋檐的棱角，

切割了月光，

夜晚的心跳，

会惊扰花香，

树洞里，

永远是黑夜，

黑夜里，

伸出一只手，

影子移动时，

永远是那么夸张。

今晚的月光，

一定会闯进印象里，

让我读懂苹果花，

也会原谅，

点烟时，

接近月亮的莽撞，

我数对了吗？

苹果花有五瓣，

如果月光愿意，

也能让苹果树疯长。

二〇二二年四月十六日

月光　作者少年时曾在这片海附近生活，在海里畅游（2024年7月，红菱摄）

青春

闭上眼睛，

陌上花开，

睁开眼睛，

蓖麻仁在。

忧伤的影子，

在阳光里，

滚一身金色，

青春叩问岁月，

谁能释怀？

二〇二二年四月二十二日

春事

杨柳岸，

断桥边，

飞花落樽前，

问春事，

暗香隐，

素手抚琴弦。

春草浅，

落英渐，

祥云为情牵，

灯花苦，

泪花咸，

梦蝶待来年。

二〇二二年四月二十六日

情绪

鸽子抖动翅膀时，
眼神也在抖动。
羊低头吃草，
每次抬头张望，
心情很复杂。

天空不动，
翅膀伸张自由。
草很绿，
羊群和白云一起飘移。
我拦住羊群，
却拦不住草花的香气。

当牧歌唱起时，

情绪在天空和草地之间，

渐渐迷离，

于是，

鸽子和羊群，

被一场雨遗忘。

二〇二二年四月二十九日

言隐

葡萄藤的触丝，
幻想着缠绕海浪的脊背，
波涛汹涌的身体，
在礁石前，
没入老槐的传说。
沙滩，寸寸陷落，
梨树在墙边，
花讯悄无声息。
海浪，
在礁石的缝隙里，
温存地冲刷，
温存地退去，
遗留下，
未竟的依恋。

二〇二二年五月一日

海雕 2021年11月，张漪滨摄于马耳他海边

后园

迎春隐入绿叶，
梨花悔在枝头，
站着不动，
血液倒流。

季节很清醒，
土地翻动后，
蚯蚓为鸟而歌，
赴死是崇高的。

金银花努力地伸展腰身，
阳光集中起来，
一定是蓄谋已久。
花开了，

芳香诱使蜜蜂陶醉，

不忍采花。

站在后园，

我就是一朵，

无香无味的花，

蜜蜂，

扫兴而归。

二〇二二年五月二日

失翼

风，
并未和翅膀约定。
火烧云，
在猎猎风中，
化为灰烬。
爽约后的摧折，
树上挂着一张，
毫无表情的脸。

失翼了，
但并未失忆，
找回令人忧伤的心情，
只为报答，
山水秀美的曾经。

失翼后，

钻入泥土吧，

潜心，

也能将泥土，

搅得热血沸腾。

二〇二二年五月四日

生日

生日，
是要膜拜的，
把这天喂得肥胖无比，
既然来了，
漫长的岁月，
各安天命。

二〇二二年五月五日

出生

出生在东城，
东边日升，
成长在海淀，
海淀汪洋一片。
母亲说，
我们学撑船吧，
把一船日光，
渡到彼岸。

二〇二二年五月六日

喝酒

鱼游入酒杯，

酒杯碰到了柴堆，

欲火点燃了灶火，

红烧鱼，

亲昵地摆尾，

酒的烈焰在燃烧，

烧红了自尊，

掩盖了自卑。

二〇二二年五月七日

彼岸

彼岸即此岸，
遥远的对方，
也称我为彼岸。
渡一只蝴蝶，
她说，
两岸的花，
同样绚烂。

二〇二二年五月八日

想你

想你，

你是水中的精华。

想你，

你是深山的宝刹。

想你，

你是旷野的玉兰。

想你，

你是眉心的朱砂。

想你，

你是跳动的音符。

想你，

你是柔风守护的晚霞。

想你时，

送走了春，

遗忘了夏。

二〇二二年五月十日

风月

风花雪月，
性感的四季，
每个毛孔，
喷出烈焰。
烈焰，
将你的身体，
切割成，
妖冶的风，
将荡魂的你，
化成淋漓的水！

二〇二二年五月十一日

黑山

黑山，

不是墨色堆起的山，

而是山重叠后堆起的深沉，

重叠，

会被反复记起。

脚下的路，

一遍遍指引我，

去山边临摹一朵玫瑰。

野菊镶嵌在脸的周围，

花朵也会奔跑，

突然转身，

站成一堵墙。

二〇二二年五月十二日

车厢

昨天还在铁轨上沉睡，
今天，
它却涂上了动人的绿色，
在田野上奔忙。
火车启动时，
裙子覆盖了整个站台，
眼泪不是雨，
是决堤，
奔跑的玫瑰，
渐渐远去了，
我在想，
她会是谁的新娘？
还有墙后，
那座没有粉刷的婚房。

二〇二二年五月十三日

天音

不需要喉咙了，
喊出来的声音，
远没有做出来的声音，
娇嫩欲滴。

不需要日月了，
晨昏旋转时，
分不清光阴是否会停止，
谢天音！
谁又能阻挡，
欲望铺天盖地。

二〇二二年五月十七日

记忆

凋谢的日子，
一个人慢慢爬满草地，
想一个人，
高举双手，
将草地高高举起。

二〇二二年五月二十一日

埋伏

埋伏在一滴雨水后面，

急促地呼吸，

我错了，

雨滴是透明的，

怕你看到我丰腴的肉体。

雨水被风干了，

那就埋伏在夜色里。

星星好亮啊，

一颗一颗，

装点着棋局。

流星划过额头，

被淋湿的黎明到来之前，

我伤心地抖落，

一身温婉清丽。

二〇二二年五月二十四日

挽留

挽留用酒，
浇灭了离愁。
挽留用手，
抚摸你的温柔。
挽留用颤抖，
摇醒你的发梢。
挽留用眼眸，
秋水阻归舟。
挽留留不住，
青山也白头。
挽留且当歌，
人约风雨后。

二〇二二年五月二十五日

箴言

重读一段箴言，
素颜顿生灿烂，
香茗润泽流云，
柔情依偎臂弯。

遵循箴言去寻找，
只寻到绣花的窗帘，
千帆过尽终无觅，
禅壁上，
有一张清秀的脸。

爱之一字，
装点世界，
情之一字，

粉碎坤乾。

二〇二二年五月二十七日

告别

雨滴告别云彩，

不舍地降落，

是一种脱胎。

晚霞告别天籁，

痛苦地隐去，

声音染上色彩。

清流告别崖柏，

纵身的宿命，

成就瀑布的情怀。

告别，

在人世间，

天天存在。

二〇二二年五月三十一日

逻辑

逻辑的意义，
在于消灭逻辑。
花在绽放之前，
馨香在叶片的汁水里，
扭动了很久，
花瓣张开了，
清香引蝶，
醉不在引，
在蝶斑斓的翅膀上。

花瓣的背后，
痛苦的烘托，
绽放莫忘千千苦。
花在夜晚，

醉倒在逻辑里，

尽情地释放。

　　　　　　　二〇二二年六月五日

诱惑

诱惑是双向运动。

课桌轻飘飘的，

书本一排排，

将谷子地隔成方块，

长头发泻成瀑布，

水中有我喜欢的香味。

县城的街道不直，

拐角处人群聚集，

我挑剔地拨开浓浓的汗味。

礼堂内的口号声，

将我震醒，

颤抖的身形，

挤歪了一行秀丽的脚印，

挎包上有一朵苹果花，

悄悄地绽放。

二〇二二年六月七日

红唇

红唇一曲唱遥天，
三千锦绣载花船。
云烟散尽绣楼在，
轻移玉步叩朱环。
心淡如兰晴天日，
雕栏弹雪别梦寒。
红烛芳魂青衣薄，
秦淮不渡大散关。

二〇二二年六月八日

255

相遇

那年相遇，
青草没马蹄，
那年相离，
坡上夏风扭曲。
山的颜色很特别，
红砂岩披上嫁衣。
槐花凋谢的样子，
是一串串呕血的心绪。

梨树依偎草庐，
风铃细数风的撞击，
不敢忘，
石墙张良计，
更难忘，

手扶过墙梯，

海水涌上虚构的沙滩，

海胆的长刺上，

刺穿了一颗泪滴，

春风不悔相期迟，

唯有马蹄疾。

二〇二二年六月十四日

梦河

想忘记，

却没有忘记，

是一条蜿蜒的你。

别说是蓝色，

是灰色的故事，

我蹲下掬一捧你。

水在唇上滴落，

滴落的声音，

撞击着记忆，

多瑙河美丽。

二〇二二年六月二十七日

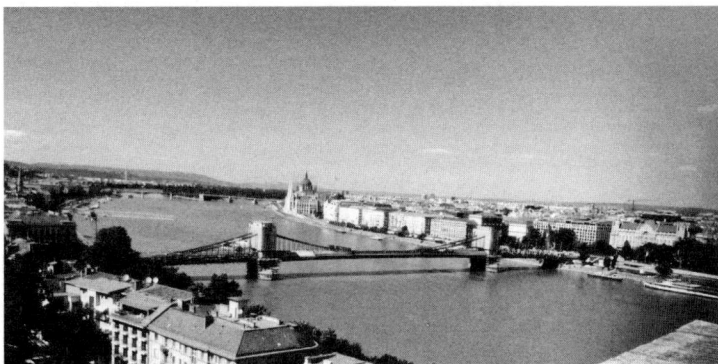

梦河　2022年，张漪滨摄于匈牙利多瑙河畔

街景

肉身走进石头，

石头丰满起来，

苍老从未悔过，

乳房兴奋地耸起，

雕塑是音乐，

凝固的音乐，

奏响在屋宇的笑颜上。

二〇二二年六月二十七日

弯 曲

墙角躲进去，

视线会弯曲，

沿着弯曲的墙角，

看到了弯曲的心喜。

声音躲进墙角，

声音也会弯曲，

弯曲的歌声，

缀满泪滴，

走不动的身体，

通身印满了阳光的胎记。

二〇二二年六月二十九日

昨晚

昨晚，

憔悴的月色，

朦胧的星汉，

曼陀罗巨大的花朵，

遮住我的脸。

昨晚，

惊恐的原野，

被夏风渲染，

静谧的孤村，

还会悄然安眠。

昨晚，

又一朵蔷薇花开，

溪水沿着香径，

独赏欢颜，

楼上月光凋谢，

却摆着一桌喜宴。

二〇二二年七月一日

母亲

山村，
在油灯下不肯睡去，
热汤灌溉母亲的脚底，
老茧软化成凝视。
我握着剪下的老茧肉背过身，
母亲的话语听得真切，
行走就会结硬如茧的岁月。

我告别山村的那晚，
嘴里死死地咬住，
母亲割下的老茧，
我觉得，
那就是咬住了，
一步一回头的那晚。

二〇二二年七月三日

拉环

手榴弹的引信不长，
七秒钟，
就会炸毁所有的情伤。
新兵连的时光漫长，
夕阳的背影，
遮住了你我的故乡。
那天，
爆炸声熄灭，
我悄悄留下，
手榴弹的拉环。

细数岁月，
四十年的风雨，
缠绕身上，

我想挽留夕阳，

却挽留不住，

年轻的脸庞。

如今，

拉环还在，

我却寻不到，

演兵场。

二〇二二年七月四日

花开

花开了，
是在夜里，
这是花的秘密，
避开了所有的眼睛，
花才安然开放，
唯有月色染静谧。

于是，
精致的嘴角，
划破害羞的晨雾，
我的脚在慢慢地抽离。
花开了，
我要离开了，
精致的心情，

何时开放？

我敢说，
也是在夜里，
因为作别花开，
更是作别，
另一种精致的离开。

二〇二二年七月十三日

小荷才露尖尖角（红菱摄）

敏感

风，
摇动花朵的时候，
我的脸红了，
生怕风摇动我的脸。

坐在墙角低下头，
几只蚂蚁爬过，
生怕阳光穿过想象，
把幽暗的蚁巢窥探。

说话的时候，
谁的口风婉转，
我就想收集周围的气氛做食粮，
生活在舒朗的唇边。

二〇二二年七月二十日

给你

将心灵交出去的时候，
脚下的土地在震颤，
人去楼空，
崩塌的往昔，
被一列火车载向辽远。
你的背影伶仃，
孤芳冷艳的样子，
我看得真切，
因为，
我站成了一座山。

二〇二二年七月二十二日

屯子

屯子是不动的，
里边有很多房子，
房子是平顶的，
秋后可以晒玉米高粱，
也可以晒自己的心情和幻想。

树荫和风守护在屯子周围，
谁先介入，
炕沿的油灯，
就会将影子晃动。
摇动的影子坚信，
虽然不能拥有你，
但我可以想念。

二〇二二年七月二十五日

牙说

早上，

山村很柔软，

老乡的眼睛，

柔软不过我们的牙膏，

牙膏之于山村，

轻柔地扶摇，

其实，

是我们特别，

山村从未见过牙膏。

老乡说，

刷牙，

是你们城里人胡闹，

邻居张大爷，

一辈子不刷牙，

八十岁寿终，

满口牙未损一毫。

我信大爷，

更信山泉水，

润泽了喉咙里，

玉齿千年，

峨眉秀。

二〇二二年七月二十五日

读诗

读一首诗，
比读《反杜林论》，
来得轻松，
诗的语言很简单，
拟人则罢，
夜空有星辰管辖，
论费尔巴哈。

多么渴望，
你能读懂十七岁的梦，
还有礁石、
泥土背后的早霞。

诗是什么？

诗是渴望、

痴迷、

畅想。

用文字表达出来，

多么贫乏，

因为，

我心里有一轮，

不着衣襟的月亮。

二〇二二年七月二十七日

召唤

我和小草站在一起，
心里很安静。
河水流进身体，
心里很纯净。
修竹长得再高，
也是一节一节欲望使然。
我想告别小草，
去爬山。
欲望将头抬起，
山顶的飞来石，
向我召唤！

二〇二二年七月三十一日

盼望

它站在礁石上，
夕阳看到你的脸，
是渴望，
重叠的一生，
我怀念，
我顿生渴念，
我对不起你！

二〇二二年八月一日

夜空

夜空很黑，

星星很旧，

一轮弯月，

藏在背后，

背后远吗？

月如钩，

钩起了，

甜美的日头。

二〇二二年八月三日

说话

言止如归。
空旷的原野，
夏风如诉。
我想说话时，
野菊沉默良久，
语音缥缈有如无，
沉默挂在半枝莲的叶片上。

重拾归途，
无声而后，
拥挤的岸柳，
窃窃私语，
开言不如静默，
说话会影响思考。

二〇二二年八月十日

断指

弯曲的时间，
一点一点累弯了月亮，
炕席被疼痛，
拆散成碎片。
土墙紧邻村前的小溪，
鹅卵石滚动的声音，
召唤一针麻醉剂，
终于来了！

温柔的液体，
让我的手指，
远离反射弧，
断指在我的眼前，
变作断想。

时间断裂在，
敖汉旗的晚上，
我是断指郎！

二〇二二年八月十日

夏天

我走入夏天，

里边有草长莺飞的孤单，

蛙鸣睡莲，

孤单潜伏在岸边，

杀戮是佛的禁止，

不懂是少年，

灵魂一点一点，

浮出水面，

鲜血染红了夏天，

你向我走来，

我却伤感，

你的离开。

二〇二二年八月十五日

夏暮

流水无奈，

青草转头空，

鱼浅自由，

映柳发丝浓，

枯叶卷曲的身形下，

覆盖了，

想呼唤你的喉咙。

二〇二二年八月十五日

姥姥

北京东城区，
妇产医院的平房，
扭曲的巴洛克样式，
洋气且坚忍。
产房陷落，
陷落在夕阳的臂弯里，
姥姥将我稚嫩的皮肤，
一寸一寸吻成霞衣。

姥姥一滴泪，
我默默地吞下，
姥姥用火柴盒糊成的烟缸，
撞碎宝坻的玉石，
情绪如玉，

岁月点点，
点缀姥姥。

二〇二二年八月二十二日

海口

海口，

有一所中学，

就在海的喉咙里。

冬天，

地瓜和高粱饼子烤熟的香气，

将教室膨胀成薰衣草的花囊。

木制的课桌熟透了，

长条板凳，

结出了冰花。

运动会唤醒了身体，

长长的跑道上，

墨莲①奔驰。

二〇二二年八月二十二日

---

① 墨莲：一种墨紫色的花，作者
在此处用来比喻肤色黝黑的女孩。

月夜

千帐浅，

露痕深，

移影菊花睡浅昏，

月下可夺魂！

青草掩阶不须问，

君自千秋掩云露，

纤纤指，

破云门！

二〇二二年八月二十九日

弃木

傍晚，

我用红绸子裹住太阳，

用力抖落漫天霞光，

然后，

扛着一截断木，

走入夕阳。

我锯下的是一段年轮，

斑驳的条纹告诉我，

弃木碎身，

投入烈焰，

有多少温暖的故事，

会被人们阅读。

二〇二二年八月三十一日

一天

早上，
鸟鸣喧闹，
我醒了，
掬一捧阳光洗脸，
然后，
喝一锅玉米粥，
我把锅底喝穿了。

读一页报纸，
我把字读反了，
读反的报纸也很有哲理，
因为，
我喜欢反观世界。

打开一本书，

唯美的逗号，

把我醉倒了。

去打高尔夫，

球滚进了儿时的弹球洞。

打篮球吧，

球入网的声音唰唰的，

像极了我当兵时，

正步走脚踢沙土的声音。

晚上洗澡，

汗珠在浴缸里漂浮，

月亮也滚进水里，

星星爬满夜空。

二〇二二年九月一日

唐寅

伯虎一生仕却无，
书画两绝灭后主。
苏杭红船秦淮艳，
九娘倾情为君哭。
桃笙小女不为问，
三笑千年唱红烛！

二〇二二年九月三日

父母

父亲说，
山东是一块宝地，
我生在东北。
母亲说，
河北好，
家有两百顷地，
我活不出自己。

变更的世界，
让他们相识。
南国芭蕉，
叶子遮掩了，
倾情相依。

于是，

姐姐生在广东雷州半岛，

我生在京城东城区，

尔后，

弟弟生在拐棒胡同七号。

父母远去，

我祭泪滴！

二〇二二年九月五日

诉城

姑苏城外一点红，

断桥烟雨恋城东。

君是碎红一桥半，

绿荷听雨忆晴空。

二〇二二年九月六日

恋情

一起走路很重要，

肩和肩之间，

隔着月光。

一起呼吸很重要，

路和路之间，

缝合视野。

气息很重要，

抚摸十里春风。

二〇二二年九月十四日

笼子

关不住的烟雨，

披在身上，

菊花碎成霓裳。

秋风吹不落圆月，

点墨渲染，

大漠埋情伤。

溪水溅，

秋草黄，

秋影横斜，

莲藕粉颈长。

秋声关不住，

荆门锁云梦，

月洒白玉霜。

二〇二二年九月十九日

哲思

哲学很坚硬，

一条河，

湿不透一张纸。

文学很尖锐，

一支笔，

可以刺穿舌苔。

美学很苛刻，

但不拒绝黄金分割律。

对称可以征服世界，

尖顶润滑了雨水，

升空可以接近球形，

或者是太阳，

或者是月亮。

二〇二二年九月二十五日

暮念

粥饭吞吐时，

紫菜将余齿绊倒，

耆龄仍滚一身阳光，

轻叩岁月，

衣裙整洁，

喷一身迷迭香，

气息，

在袖口绽放。

二〇二二年九月二十五日

呼吸

有时，
呼吸是不平行的，
平行的线条不完美。
有时，
叹息是弯曲的，
弯曲的线条，
勾勒出凤尾竹的身形。
车站，
是吞吐气息的关口，
呼吸急促时，
仔细寻找，
毫无踪影的车轮，
枕木旁，
长出一朵小花。

二〇二二年十月三日

思考

思考，
有时会搁浅，
不是脚步，
踏不醒春天，
只是这条河，
太蜿蜒。
蜿蜒也是一种美，
河畔有一块绿地，
康德在坐禅。

二〇二二年十月六日

路上

奇怪，

走着走着，

阳光变成了月光。

明白了，

路很漫长，

白天，

阳光会吸引向日葵，

晚上，

月光会划破肩膀，

野菊叹情伤，

谁能伏下身，

倾倒在路旁？

唯有既远又近的芳香。

二〇二二年十月八日

玉立

壁立千仞的是山，

九曲流尽的是泥，

山泥之间是苦，

不可拯救的是，

一往而深的细腻，

穿云破雾一滴露，

不羡毛尖羡陆羽，

谁懂玉立？

二〇二二年十月九日

锡皮

英国的建筑很奇特，

衔接处贴锡皮，

锡皮很奇特，

乔治传给了伊丽莎白，

锡皮更奇特，

雨水哭泣后滑落，

百草不侵，

不侵后更奇特，

百年屋后，

降落一少年，

一个读懂锡皮的我。

二〇二二年十月十日

丢牙

早上，

阳光温暖了口腔，

昨晚，

鱼骨刺杀了牙床。

牙齿无踪，

苦苦地寻觅，

只寻到了月光，

忽然想起，

丢牙弱于丢江月，

寻你若寻道。

静夜里，

我被一颗牙，

绊倒在草地上。

二〇二二年十月十六日

谁坏

风雨千番苦，

我却发呆，

岁月迎面来，

我却离开，

你坏。

山后风景好，

我却不在，

彩虹绘风月，

我却辞秦淮，

你更坏。

坏有坏的理由，

九曲不解，

何来斑竹盈怀？

二〇二二年十月十六日

丑辩

我长得丑，
心却轻柔，
没有我，
桃花断千秋。
美人避迟暮，
凤雏老而秀，
埋土的时候，
站在那里，
芙蓉花蕊，
绒绒的愁。
百年后，
姑苏城外，
丑妇埋芳魂，
塞北玉门收。

丑不羞，

谁尖锐谁言，

丑有丑的理由。

二〇二二年十月十七日

阳光

阳光洒在身上，
很温暖，
阳光洒进心里，
以慰五更寒。
阳光缺席的时候，
我和月光站在一起，
也温暖！

我是农民，
山村锄地时，
阳光啊，
背风的地方，
温暖了我的午饭。
阳光和花站在一起，

花艳。
阳光和我站在一起，
脚下生老茧。

细细想，
我背离了阳光太久了，
心伤残！

二〇二二年十月二十日

言柳

柳是我爱，
柳身不败，
你的两极，
让人倾怀！

柳暗花明，
是情归，
霸陵折柳，
是惜别，
柳絮纷飞，
是春叙，
花柳烟巷，
是秦淮。

我掘井，

柳咏歌词处，

卓文君在！

二〇二二年十月二十日

曲柳

晚秋的雨丝，

是直的还是弯曲的，

我不能确定，

确定的是，

我身旁的那棵树，

弯曲的是病？

弯曲的是美？

抑或心随树一并弯曲？

我站在路边痴呆了，

站立是直，

蹲下是曲，

我在树边彷徨，

深情有时会陷落，

不想说话。

二〇二二年十一月四日

追鱼

北宋的故事，
沉入河底，
汴水重，
压死了一条鱼，
真假两厢对公堂，
稚童未解谜！

真鱼宰相伴，
假鱼心窃喜，
相袍皇恩赐，
龙宫断案亦难断结局，
追鱼！

二〇二二年十二月七日

落雪

落雪了，
是在晚上。
雪花迷惑了窗花。

雪花是花吗？
不敢肯定。
于是，
推开门，
拼命追逐一片雪花。
终于，
它落在了我的睫毛上，
眼睛湿润得很彻底，
雪花瞬间变成泪花！

泪花和雪花一样，

也会盛开，

整个夜晚，

变成白色。

关上门，

不忍看凋谢的窗花。

二〇二二年十二月十五日

牧羊

队里的活是派的。
上山的路，
在想象中滚烫。
牧羊鞭高耸，
稍头垂下，
呼应了上半截的羽翎。
看到羽翎，
所有的生灵，
会被夺魂。

十八岁的心，
在山中迷乱。
羊在低头吃草，
草在拼命躲闪，

此刻，

脑海被带花纹的石头，

镶嵌成欲望。

我看着我自己发呆，

是放牧羊群，

还是放牧自己？

我不敢肯定。

二〇二三年一月四日

品香

你若手捧芳香，

天涯也会点化成咫尺，

亲近且细品，

花瓣上的露珠，

蜿蜒地滴落，

润泽了破损的肩膀。

芳香一丝一缕，

被双手收集，

挥别了去年的落叶成冢，

品香多好哇！

我不想收手，

只怕收手成伤。

二〇二三年三月十三日

离别

霸桥别柳，

断桥别情，

十八相送，

朝歌的桥，

生满墓冢。

写离别太俗气，

谁不向往，

离别之后的重逢！

温泉会断流吗？

不会，

照相馆的显影液，

会安慰地上地下的情景。

火车的启动，

将想说的话碾得粉碎，

你在我的隔壁，

你生长得和玉米一样高，

玉米地包围了半岛的天空。

二〇二三年三月十四日

凝望

我把一生，

铺展成一块布，

你无意间闯进来，

我的针线，

把你绣成一朵云。

下雨了，

雨丝钻进针眼，

湿漉漉的雨线，

织成炫目的彩虹，

我放下针线，

凝望铺天盖地的背影，

再拿起针线想绣你，

你却用布裹起红尘，

消失在凝望破损的影中。

二〇二三年三月十五日

汉史

高祖四年定乾坤，
霍卫击匈武帝庆。
王莽不及高帝慧，
光武泪血汉复明。

二○二三年三月十九日

隋史

乱世开皇一统天，
大业隋炀也勤勉。
无奈江都风月夜，
众叛白练血盈衫。

二〇二三年三月十九日

惹春

花开了，
走近她，
她说想告诉你，
我在。

草绿了，
她痛苦地说，
你不抚摸我，
我会枯黄。

于是，
我挥挥手，
暴雨和艳阳，
在我身后纷纷落幕。

二〇二三年三月二十日

欲望

阳光从树叶上跌落时，
午后的光线灰暗。
邻居的小哥，
指着两个字让我读，
我不明白。

目光从饭碗上经过时，
我长到了十六岁。
欲望将天空，
隐藏得不留痕迹。

二〇二三年三月二十一日

宁静

此事饱满，
水不流动，
告慰淡然。
陡峭的过往，
由近及远，
青黄别流年。
安稳的山，
远行的云，
安稳的河岸，
烛火询夜幕，
月光落两肩。

二〇二三年三月二十七日

心情

温柔的蓝天下，

婉转的春色，

拥挤的曲调，

被梨花一朵一朵地读懂了。

杏子沟牵挂的方向，

耕牛耕种石头，

滚动的声音，

一遍一遍重复之后，

杏花风吹落杏花泪。

二〇二三年四月八日

英国街道　张漪滨摄

阅读

阅读一张脸的时候，

脸后面的清醒，

将池塘幻化成渡水，

你渡我？

禅本无渡，

你不渡我，

自性成佛。

佛在众不在孤，

北人南渡，

赏景在于远与险。

二〇二三年五月三日

自己

对着镜子看自己，
镜子就是知己。
和自己说话，
自己回答，
回答很精辟。
一双筷子的距离，
跋山涉水去寻灿烂的杜康。
谁能知晓，
夜静露滴，
湿润了马槽前止步的马蹄，
还有将夜空读懂的自己。

二〇二三年五月十四日

读书

读遍世间的书，

是不可能的，

读遍你的身体，

是可能的。

泛读江山风雨是可能的，

深读你的意志，

也是不可能的。

读懂云雨，

是可能的，

深究风流，

是万不可能的。

二〇二三年八月八日

写诗

古人云，
写诗在三上，
厕上、床上、马上。
我言，
写诗在三下，
桌下、树下、云下。

二〇二三年八月八日

同桌

六岁的天空很干净，
执铅笔的小手，
写出好看的钢笔字，
木桌上，
长出耐看的莎草。

二〇二三年八月十一日

敦伦

豆花开在桃花里，

乳花开在雪花里，

兰花开在手心里，

口吐莲花呢，

开在气息里。

二〇二三年八月十一日

不想

不想就是想，
不想的背后是欺骗。
那就想吧，
你在河边，
转河水边你是岸。
你在公园，
绿绿的青草旁，
一朵玫瑰素面朝天。
你在雕像旁坐下，
身下的泥土在塌陷。
你看雕像，
雕像看你，
你从冬天，
坐到夏天。

二〇二三年九月十九日

悲喜

春花妒春花，

冷月笑冷月，

雨洗红尘两袖清，

雪埋朝天阙。

秋风妒秋风，

菊香笑枫血，

北陵漫道月问天，

香绫几寸夜？

二〇二三年九月二十三日

呼吸

我呼吸你，

你就属于我，

我靠近你，

你身上的温度属于我。

我的呼吸变成风，

风抚玉碎，

每一片碎玉，

属于我。

二○二三年九月二十三日

古瓶

它不认识我，
它身上无数指纹，
我认识，
端详它，
它会呼喊。

我感觉到了——
古代的呼喊，
和现在的呼喊，
音色是不同的。

二〇二三年九月二十三日

断食

你说不吃饭，

轻断食，

阳光可以填饱肚子，

雨水可以解渴。

站在门口，

就是一辈子，

等待阳光，

等待雨水，

多好哇！

二〇二三年九月二十三日

长大

浴池里的水，

从胸口降到腰际。

理发师在我的头皮上，

遗忘的余发，

越来越多，

姑娘使我低下了高傲的头，

夜晚会阅读每一次冲动。

二〇二三年九月二十三日

怀念

我吹气，
尘埃在飘落；
风吹气，
叶子在飘落。

清爽的夜晚，
谁也没有吹气，
天国降落了一堆堆火，
每个十字路口，
眼泪排成行，
奠念先人。

二〇二三年九月二十三日

心境

飘落的树叶，

碰在头上很疼，

不是叶子沉重，

是心很沉重，

午夜的马路寂静，

孤影徘徊。

二〇二三年十月二日

黑夜

闭上眼睛，

每一刻都是黑夜。

喜欢黑夜，

因为它能遮掩各色灵魂。

灵魂在黑夜里，

暗自五彩斑斓。

二〇二三年十月二日

了悟

幻想不是用来供奉的，

是用来撕碎的，

智慧不是用来膜拜的，

是用来破解的。

我靠近你，

你哭了，

我也是。

二〇二三年十月十一日

悟道

回首望，

有一个广场，

很大很大——

大就是空，

空就是无，

无就生有，

有无之间，

一念望断。

二〇二三年十月十一日

钓鱼

我钓鱼，

也钓你，

鱼说我数到十咬钩。

一江山，

二里店，

三峡，

四川，

五孔桥，

六和塔，

七星剑，

八大处，

九重天，

十堰。

鱼咬钩了，

我却钓到了你！

二〇二三年十月十一日

四季

嫩绿的欲望呐喊着破土，
蚂蚱在热风中旋转，
陌生的黄叶降落脚面，
风铃在寒风中颤抖。

二〇二三年十月十三日

一直想

那早，

下楼，

初春的清晨，

阳光轻柔地照在门口。

妹背对门，

一切的预期，

就在头顶的树叶上，

叶片垂落的那一刻，

转身，

柔软的回忆，

只欠拥你在初春。

二〇二三年十月十四日

弦 歌

胡须幼稚且柔软，

炭笔，

将黄昏涂成夜晚。

脚下，

心绪曲折且蜿蜒，

怎料想，

绊倒了黎明，

绊倒了瞬间，

天亮了，

奏起管弦。

二〇二三年十月二十三日

战争

一朵花，

插在枪管上，

一滴血，

湿润了月亮，

烟尘，

将雄性埋葬，

桌子上，

永远是温柔指挥太阳。

二○二三年十月三十日

神伤

多少次盼望，

雨滴不要变作泪滴。

多少次凝望，

一双秋水，

涌出心灵的窗。

多少次开门，

婀娜的身影，

勾勒出曲折的街巷。

夕阳泣晚霞，

你回头，

一脸神伤。

二〇二三年十一月八日

茅舍

手心的汗，
湿漉漉的夜晚，
腐草在脚下呻吟，
叩问陌生的路，
何等紧张又艰难。

门不情愿地开了，
身形扭曲成四脚桌，
长发短发倾泻下来，
寡淡的青菜，
有土坑的味道，
孤独的苹果酒香，
熏染了茅舍。

辞别时，

柴门挡住我，

问我何来？

二〇二三年十一月八日

伤情

你看着我，
风景飞跃头顶，
湖水平静，
燕子楼空，
轻扬的雪花，
覆盖冻住的心情。

你无意苍穹，
无意麦浪掩埋的路径，
我再看你时，
花凋零的痕迹无踪影，
你已化作，
缥缈的暮鼓晨钟。

二〇二三年十一月二十二日

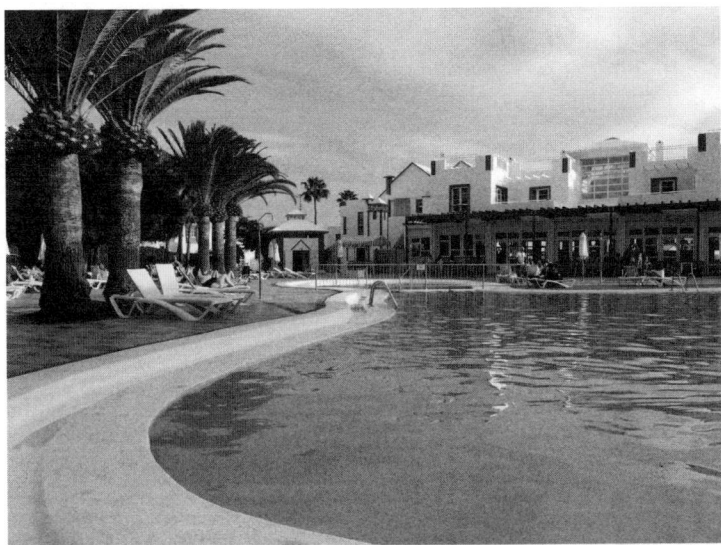

净心 2023年冬，张漪滨摄于作家三毛居住过的加那利群岛

白沉

星星隐去真容，
降落在山那边，
偃月惋惜，
没有钩住沉淀的夜色，
沉鱼白白地游弋，
水泡冒出导演的名字，
耀眼的清晨告诉我，
别沉着了，
沉也是白沉。

二〇二三年十二月四日

眼睛

读懂眼睛，

可以了悟光阴。

童年的眼睛，

晃动着青草和蝶影；

少年的眼睛，

清澈的湖水湿润了彩霞；

青年的眼睛，

美人蕉红，

鲜衣怒马；

中年的眼睛，

世故伴着风雨交加；

老年的眼睛，

锐利能刺破迷雾；

闭上眼睛，

人世的大幕徐徐落下。

二〇二三年十二月八日

沙漠圣泉 2023年10月，张漪鹏摄于新疆白沙湖

故乡

梧桐叶，

三更雨，

晓梳妆，

对镜匀面香腮雪。

云鬓暗渡，

后庭海棠，

西山千千语。

汤山隔，

漪园秀，

清水河，

故园天涯苦无计，

情断处，

故乡肠锁。

二〇二三年十二月十七日

寻春

又是一年春寂寥，
君脚步，
寻匆匆，
雪里探暖蜡梅香。

酥手牵，
河岸柳，
梦宫墙，
几时征雁裂双行？

一声情落，
江南小弦窗，
燕子楼北，
湖水浮鸳鸯。

二〇二三年十二月十九日

圣诞

风声落杯，

酒鼓千帆，

雨被云蹂躏得不停地下。

英国的冬雨，

把整个圣诞淋湿了。

二〇二三年十二月二十五日

风灯

风吹散了离情，

望见褐衣红，

行迹未远霸桥东。

牡丹不灭，

灭灯影，

腰上黄配回首刀。

花妖斩不断，

荒冢一书生。

二〇二四年一月九日

送别

你挥挥手，

眼中有难掩的心情。

你转身，

人流涌动，

遮不住你透明的背影。

记得你说的话，

在所有的季节里，

我开一扇门，

将你带来的每一阵风，

每一场雨，

每一朵雪花，

都请进怀中。

二〇二四年一月十八日

沙弥

奇怪的天空，
很热的雨，
花瓣上，
滴落的你。
陌生的风，
冰冷的天际，
胭脂窗外，
锁住自己。

二〇二四年二月十一日

树叶

走在路上，

树叶落在脸上，

雨水将叶片，

轻柔地滑向，

叶片背后的阳光，

叶片滑落的方向，

岂止是绿荫，

还有不愿诉说的哀伤。

二〇二四年三月三十一日

杨紫

灵动温暖又寂寥的过去，

飘哇飘哇，

被风吹过鼻翼。

伸出手，

穿过掌心的是鼻息，

远方的雪城里的风，

山杏树下的少年，

一齐围拢过来，

守望在，

长满半枝莲、

夏枯草、

车前子的柴屋前，

等待你来年的归期，

我闻到，

路上每一个脚印，

都有丁香花的味道。

二〇二四年三月三十一日

厨艺

饥饿未来之时，
开始做饭，
厨刀将时间，
一片片切下，
肉和蔬菜相互问候，
蒸煮时间的同时，
肉花和蛋花竞相绽放，
静静地等待饥饿，
向我奔袭。

二〇二四年五月六日

沂蒙

蒙山高，

却也曾低眉，

沂水长，

却也曾泪飞。

屋后的土坡弓着脊背，

几只土鸡踱着闲步，

山林间，

鸟鸣与槐香一同空醉。

花岗岩苍老了，

柴门吞吐岁月，

桑梓无语，

只待无关的年味。

二〇二四年五月九日

淑海

风，
可以抚摸，
云，
可以邀请，
雨，
可以呼唤，
但往生不可以。

淑海弟，
你走得太匆忙，
我再也摸不到你的面庞，
只听到你喉咙里的风雨声。
云雨风，
在你的墓前徘徊。

二〇二四年五月十五日

时间

带血的时间，
就在眼前，
生命的花朵，
在子弹面前凋谢，
你们走了，
历史会泪流满面。

我注视着，
等待着，
带血的时间，
苏醒的那一刻。

二〇二四年五月十五日

鳟鱼

身无分币，

餐桌却奢华，

李斯特寒酸地站起，

账单背面，

一曲鳟鱼，

让整个餐厅富足。

世界的正面，

永远看不起世界的背面，

我要为世界的背面，

雄起！

二〇二四年五月十六日

雏菊

黄黄的，

嫩嫩的，

花瓣伸展入眼帘。

鲜嫩的花很平静，

我的心却不平静，

把平静伪装成无意，

黄黄的，

嫩嫩的，

是一种审美的慌乱。

二〇二四年五月二十五日

378

破城

问候你时，

你站着不动，

脸上挂着流冰，

围巾围住身后的整个房间。

昨晚的雨，

淋湿了无数夜晚，

雨雪风是冬天的馈赠。

明天，

是光滑且没有裂纹的日子，

曙色初露，

我跑上山冈去等待，

将太阳别在你的胸前，

这世间谁能破你的城？

二〇二四年六月二十四日

你说

你说，

我站在你身边不说话，

四季也沉默。

海浪一波一波，

在沙滩上重复。

你说，

天上的星星和月亮，

不是也在重复吗？

它们也不说话呀。

这时，

我的身体轰然倒塌，

原来，

我是红柳树下，

想漂洋过海的一粒沙！

二〇二四年六月二十九日

采摘

你采摘欢乐，
我采摘过去。
你采摘苹果，
我采摘往昔。
你采摘彩云，
我采摘泪滴。
你采摘四季，
我采摘神奇。

二〇二四年六月三十日

那年

首山瘦，

温泉羞，

何处觅豆蔻？

最是海浪叹离别，

道珍重，

年华旧，

那年槐香满天涯，

古墙近，

钟声远，

托起望海楼。

二〇二四年六月三十日

忆遂平

五十年前一梦遥，

汝河绕城遂平小。

高中灰狗伴少年，

黄鹂一鸣童趣妙。

小鱼花蛤吐细沙，

桑叉林里夜遁逃。

北关小学庙宇阔，

大坝托起黑木桥。

二〇二四年七月七日

芦荻

芦荻一曲耀歌喉，

沙河两岸绿衣袖。

不似当年相思苦，

紫花芦荻云中留。

二〇二四年七月九日

走近

我走近你，

花香迷离，

我走出花香，

你却说，

花香沉寂。

我渴望，

你说的那样，

花伸展哲学之身，

一经采摘，

玉步不会乱在两条河里。

二〇二四年八月三日

重逢

情绪翻涌，
门洞开在雨中，
湿了你，
湿了寂寞且鲜亮的彩虹。
回眸的一刻，
头发贴近地面，
青草闯进我的发际，
你用碎花裙摆，
遮掩了天空。

二〇二四年九月二日

山村

当窗纸泛黄的时候，
我背对着你的渴望。
夜晚，
镰刀弯成月牙，
挂在天上。
白日，
锄头在玉米地里，
探索草根的方向。
黑夜沉沉，
水缸里漂浮着月亮。
起身下炕，
站在水缸旁，
渴了，
低头渴望，

镰刀悬在天上，

收割星星的光芒。

二〇二四年九月二十七日

那天

你背对我，

转过身，

就是那天的爆炸，

熟悉的一朵鲜花，

让我平静地错过。

多好哇，

怒放不在从前，

在眼前，

我低下了高傲的头。

二〇二四年十一月十九日

跋

　　前一本书《青春四边形》，写了两年，出版时，已是四年之后。枯坐苦等时，雪花谢，秋风残，夏花和春水，四载飘零。然而，时光不待，且写且欢畅，遂有此集。水见清浅，月光羞涩，烟雨空蒙，山问青黛。

　　有一天，我坐在草地上，举头之间，天空辽阔，但见一只孤雁，涉远而翔。其远，其孤，其坚，其志，见焉。它不识我，我却解其心，一声鸣叫，树叶纷纷落下，此乃孤独成就不朽。写一首诗，让我一天之内，不思饥渴，一周之内，忘忧忘喜。

　　对周遭的人和事的敏感，常使我午夜梦回，它们虽然与我不期而遇，但想忘也难！